UN253592

詩集

夕暮れ時になると

安部一美

コールサック社

詩集

夕暮れ時になると

目次

Ⅰ章　「夕暮れ時になると」

夕暮れ時になると　10
おみょうにちさま　14
二度わらし　18
この先一車線　22
雪折れ　26
不漁の日は　30
植物誌　34
お守り札　38

Ⅱ章 「墓碑銘」

墓碑銘 44
こっくりさん 48
親指隠し 52
さかさごと 56
迎え火 58
コスモス通り 62
盆送りの朝は 66
抱かせ人形 70

Ⅲ章 「避難する日」

避難する日　76
ホットスポット　80
額絵　84
誕生まで　88
天使の翼　92
あいこでしょ　96
クロアチアの旅から　100

解説
父と祖父の生きる知恵や情念を未来へ届ける人
鈴木比佐雄　106
あとがき　116
略　歴　118

詩集

夕暮れ時になると

安部　一美

Ⅰ章　「夕暮れ時になると」

夕暮れ時になると

父方の祖父は　晩年
夕暮れ時になると　決まって
着物の裾を端折り　草鞋を履いて
生まれ故郷に帰ると言い出す

そんな時　伯父は
これから真っ暗闇のなか
山道を登り御霊櫃峠《ごれいびつとうげ》＊1を越え
猪苗代湖南の村まで

五里の道を行くのは難儀なこと
今日は暗くなったので明日に
と言い含めるのだった

長男であった祖父が
近農村の次三男対策[*2]としての
安積《あさか》の開墾地に　一家で移り住んだのは
記録によれば大正十年三月のこと
祖父四十八歳　祖母四十四歳
どんな経緯があったのか　遅い旅立ちだ
なかには　生活苦に耐えきれずに
田畑を手放した者もあったというが
家を建て　五男三女を育てた祖父母は
成功組の一つに違いない

それがどうして

後で知ったことだが
故郷帰りの願望は
夕暮れ症候群という病状の一つで
失われた記憶に残された　最後のものとか
そんな祖父も九十二歳で死去
住まい近くの寺に葬られたが
あれ程行きたがった場所へ
今でも行き来しているのだろうか
病名が付くほど　恋しがられる故郷
私の意識の底の行き先は
何処だろう

＊1　郡山市と猪苗代湖を結ぶ海抜八七六メートルの峠

＊2　当初は明治十年代に、士族授産の政策として、国営により実施された郡山の安積地方大規模開拓事業

おみょうにちさま

山形の由良海岸で
妻と宿の夕食をとりながら
日本海に沈む夕日を見た。
陽の光が
空や雲や海原へ
とどまることなく映しだす彩りに
なぜか自分の来し方を重ね合わせていた。
――お父さん　早く撮って　早く
五十をとうに過ぎた妻が

年甲斐もなくはしゃぐ。
（どうせ思ったようには写らないのに）
気は進まなかったが
急かされてシャッターを切る。
ファインダーを覗いていたとき
どうしたわけか
おみょうにちさま
かって赴任先の石巻で聞いた
同僚が帰りしなに交わす
挨拶を思い出した。
お明日様《みょうにちさま》
とても当てるのか
さようなら　だけでもない
またあした　でもない

やや改まったことば。
気がつくと　何時しか
水平線に隠れる夕日に
おみょうにちさま
おみょうにちさま
と呪文のように唱えていた。

二度わらし

母の手に引かれての
田舎道は
行き着く先は見えて
歩いても歩いても
遠かった。
集落に続く松並木は
夕闇が迫ると
異様な影をつくり
襲い来る姿に竦《すく》んだ。

水を堰き止め
幼い男の子や女の子が
素っ裸で泳いだ小川は
今そこに立つと
膝までの深さ。
竹を削った
手作りのスケートで
遊んだ坂道も
わずか数メートルの斜面。

父の故郷への道は
歩幅の広さにつれて
遠くそして近くなる。

どこまでも澄みきった空
高かった山も
背丈の伸びにつれて
少しずつ低くなる。
だが人は老いると
こどもに帰るという。
子に手を引かれる
わらしに戻る日は
そう遠い先のことではない。

この先一車線

前方二百メートル
右側車線数減少
左によれ
の表示がある
二車線から一車線に
せばまる道路
スピードを上げ
追い上げて来る車
がバックミラーに映る

近づくにつれ
写し出されたのは
知った顔だった
君からは見えなくとも
こちらからはよく見える
視線を移した隙に
すうっと君は消え
脇を追い越した車が
道が一本になる直前で
せっかちに方向指示器を
点滅させながら
無理やり割り込んだ
（せまい日本
そんなに急いでどこへ行く）

その手はないだろう
と諫めかけたが
声は届くはずもない
破線の所で
更に追い越しをかけ
見えなくなってしまった
（この町美人多し）*
追い越した車は
迷路で惑うことなく
目的地までの道を辿ったか
夕暮れが迫ったので
早めにライトを点灯した

*（　）は交通安全標語や市町村の注意文

雪折れ

平成十七年は冬一月
降り続いた雪で
三春滝桜*の枝が折れる
日本三大桜の一つ
樹齢千年以上といわれる
巨木のそれだ

樹木医の見立てでは
元の容姿に立ち返るには

五年から十年はかかるという
この歳月はどんな歴史《とき》を刻むのか
老いかけた我が身の
行く末に思いを馳せ
指をそっと折ってみる

開花の時節には
おおかたの心配をよそに
折れ口が分からないほど
枝や幹の周りを花で飾った
そして秋口には
接ぎ木した折れ枝に
新たな命が蘇った

巨木は時の流れの中で
幾たび姿を変えてきたことか
この年の大雪には
枝を手折る他に術はなかったと
小さな芽を懐深く抱きかかえ
黙してまた一つ歳を重ねる

＊　高さ一三メートル、根回り一一メートルの紅枝垂れ桜。大正一一（一九二二）年、国の天然記念物に指定。淡墨桜（岐阜県）、神代桜（山梨県）と並ぶ日本三大桜の一つ。

不漁の日は

今朝がた仕立てた小さな釣船
船べり垂らしたビグには
大きいとは言えない
アイナメが五つ
釣果は少なかった
潮の流れが変わる

形のいいカレイも来ますよと
案内した船頭は

漁場を求め
モーターボートを馳せる
だがたまに上がるものは
小さなフグばかり
素人も玄人もない

開けるカキ筏の海
カキの季節までには二か月もあり
まだ毒がと聞かされていたが
船頭は貝の中から
生カキを取り出し
海水ですすぐと口に運んだ

もの欲しそうに

竹杭に止まるカモメ
船底で白い腹を見せている
フグを空中に放ると
一羽のカモメは嘴で捕らえ
群がる仲間を振り切って
空に飛んだが
くわえた物を海面に落とした

二度目も…
三度目はカモメも寄りつかない
舵を取っていた船頭は
口元をほころばせ
片目をつぶり
瞬きをして見せる

カモメが落としたフグは
波間にただよい
ゆっくりと海底に沈んで行った

植物誌

ウルイ*だと言って
山菜採りから帰った友人が
ほんの口汚しだがと
届けてくれる。
珍しいものをと
妻は何処で憶えたのか
油揚げと料理し
初物は仏壇に供え
東に向かって笑い

習わしは済んだが
月のものがあってか
舌の加減がおかしいという。
そんなことがあるかと
一口食べたが
喉のところで
熱く突き刺さる痛みに
口に含んだものを
洗面所で吐いた。
ウルイの記憶は遠く
味も歯応えも忘れている。
野の草は
何が食べられ
何が食べられないか。

いつか忘れかけていたものは
父母や祖父母や曽祖父母の
先の先の食卓の賑わい。
妻の舌にも
私の体内にも
確かな血が流れていたのだ。
子ども達には
まだ箸を付けさせていない。
友人に会ったら
末裔同士の挨拶をしよう。

＊　オオバギボウシ（ユリ科）の方言

お守り札

京都にあるその寺は
ある昆虫の名を冠した俗称で知られ
どんな願いごとでも　一つだけは叶えてくれる
というので人気があるが　その秘密は
山門脇のお地蔵さんの履いている
草鞋にあるらしい

住職の説明する願いの作法は
お地蔵さんに向かい　お守り札を両手ではさみ

住所・氏名　次いで願いごとを唱えること
その際電話番号を告げられても
願いを叶えには行けないので
間違っても言わないこと
（傍らで誰かがクスッと声を出した）
但し願いごとは　自分のことに限られ
家内安全・世界平和等は対象外であること
なお恋人をと願う人は　私にふさわしい人を
と一言付け加えることを忘れずに
（前の若い女性が小さく首をタテに振った）

法話が終わり　人の流れに沿って
お地蔵さんの前に立つが
自分だけの願いごとなど　咄嗟に思い浮かばず

型とおり手を合わせると
何かを願い終えた気がして
その場を離れた

旅から帰り　留守居が言うのには
托鉢姿のお坊さんが　小声で
まだお帰りになっていませんか
と二度ほど玄関に立ったという
何のことかと　留守居は訝しげに聞くが
どうにも説明のしようがなく
さあーと言って　その場は繕ったものの
思い直して　教えられたとおり
お守り札を手に　京都の方角に向かい合掌する
何を願ったかですって

内緒ということにしておきましょう
それを言ってしまうと
願いが叶わぬと言うではありませんか

Ⅱ章　「墓碑銘」

墓碑銘

フィリピン・ルソン島
マウンテン州△△△山方面に於て戦死
陸車伍長○○○
と続く墓碑銘
昭和十九年夏　赤紙一枚で召集された父は
翌年の五月に死去　享年三十三
昭和五十一年春彼岸　墓石建つ
建立者名はわたしだが
実のところは母が建てたもの

平成になって
母の死後見つけた
△△△山方面に於てマラリアにて戦病死
と記載の公報
戦死と戦病死
戦病死は戦死には含まれないのか
これらは厳密に区別されるものなのか

墓石を建てた母は
碑文を単に一字詰めたのではなく
「戦没者遺族の家」のプレートを玄関に掲げ
会費集めや慰霊祭へ出席にと
駆け回っていた英霊の妻には

戦病死は似つかわしくなかった
のかも知れない

山奥深く転進中マラリアに罹り
衰弱しきって歩行困難になった兵隊
何人かが手榴弾を渡され　そこで別れたが
暫くして遠くで何回かの爆裂音を聞いた
と母の死を聞きつけ弔問に訪れた
共に応召の父の従兄弟から聞かされた
戦地での父の最期

このことを母が知っていたか
今になっては確かめる術もないが
碑面どおり受け入れるべきか

戦と死の間に一文字を入れたものか
それとも…
今だに迷い続けるのだ
墓暴きにも似せて

こっくりさん

お前の父ちゃんのことを　占うからと言われ
八歳のわたしは　玄関の引戸を少し開ける
ちゃぶ台の上に　三本の束ねた割り箸を立てかけ
大人たちが三人　指を触れ　呪文を唱える
　こっくりさんこっくりさん　どうぞおいでくだっしょ
この子の父親は　おととしの夏　赤紙一枚で召集され
なんでも南方に行ったという噂
戦が終わって一年余り　隣近所で出征した者は
復員或いは戦死の公報が届いたというに　音信不通

こっくりさんこっくりさん　どうぞ教えてくだっしょ
この子の父親は生きているんでしょうか
それとも死んじまったんでしょうか
　死んでる？　死んでる？
　やっ　やっぱり…

こっくりさんは　人を見て答えを出すのだから
と他のおじやおばが入れ替わり　呪文を唱える
こっくりさんこっくりさん　教えてくんっぁんしょ
五人兄弟のうち三人が戦地へ　二人は無事帰還
この子の父親だけが　音沙汰無しの行方知らず
生きてんだべが　死んでんだべが　どっちだべない
　生きてる？　生きてる？
ほうら　やっぱり…

そのとき　側で見ていた祖母が口を開く
この子の父親は　戦争に負ければ
どのみち生きて還ることはないよ
そういう気性さ　お前の父ちゃんという奴は
父親のいないこの子だけが不憫さ
もういいから
こっくりさんに帰ってもらってくだされ

このことがあってから　親戚筋の者が集まっても
玄関の戸を開けようとは　誰も言わなくなった
私は後々まで　父親なしの定めを
負うことになるのだが

親指隠し

早い朝だというのに
出勤途上で
金色の分厚い屋根を載せた
霊柩車に行き合う。
内輪で祝福された命も
亡くなるときには
みんなに見送られて
独りこの世から消え
居なくなるのだ。

その時ハンドルを握っている両手が
思わず親指を内側に折り
残りの指で包み隠そうとした。

こんな時には親指を隠さないと
親が早死にする。
だが父はといえば　疾うに
わたしが七つのとき
招集されたまま
戦地から帰って来なかったし
二十歳でわたしを産んだ母親は
七十六歳で七年前に亡くなっている。
それでも
子どものころ聞かされた言葉を

身体は記憶していたのだ。

また　これも誰から聞いたか
定かではないのだが
葬式に出合うと
縁起がよいとも言う。
何処の何方かは存じませんが
お疲れ様でした
どうぞゆっくりお休み下さい。
と呟きながら
アクセルを大きく踏み込んで
加速した。

さかさごと

倒れたと
呼び寄せられたとき
祖母は大きな鼾《いびき》をかいていた
まるっと三日間
それきりであった
享年五十三
葬儀の日
――代われれば代わってやりたかった
隠居から
最後の別れに出て来た

曾祖母の呟きを聞いた
――誰が死んでもいいことはありませんよ
咄嗟に出たわたしの
生者への言葉であった
聞こえたのか聞こえなかったのか
杖を突いて戻って行った
その曾祖母も三年ほどして
鬼籍に入った
――いよいよわたしにもお迎えが来たようだ
今わの際に言ったという
享年八十七
余命をどんな思いで生きたか
野辺送りのとき
祝いごととして
投げ餅　投げ銭がまかれたが

迎え火

新しい家での初盆を前に
迎え火を忘れずにと
嫁いだ妹がしつこく言うものだから
わかったわかったと答えたが

おらぁコスモス通りに家を建てても
行かねがんない
隣り近所に知る人は誰もいないし
おらぁここから離れないぞい

あんた方だけ移ればいいばい

終の棲家の話が出始めたとき母はゴネた
そんなことを言ったって
出来れば出来たで考えも変わろうというもの
建築が進み家が建ったのは
母が亡くなった後だったから
お寺の坊さまに来てもらい
み魂入れの法事もしたので
ここがわからない筈はないのだが
埋め立てられた一面の田んぼ
造られ道は舗装され
家は軒並びで様変わりしたから

盆入りの日の夕方
迎え火を焚こうと
玄関の門前に稲わらを用意し
新聞紙に火を付けると
ふいに紙は舞い上がり
火の粉をまき散らしながら
赤くなり黒くなり
やがて灰色になって
薄暗やみの空に消えた

もしかして…
まだ決めかねてんの
なあーんて言わないでしょうね
おふくろさん

コスモス通り

このたび表記の所へ移転しました
共働きを形にと言う妻と
求めておいた土地
ここが終の棲家になりました
脇に面したこの通りのいわれは
よくわかりません
道端に一面に咲く花
それを通りの名に…
そんなところでしょうか

フラワーショップ・コスモス
ナイトパブ秋桜《こすもす》など
新しい店が増えています
交通《あし》は駅前からのバス
コスモス循環が便利です
右回り左回りどちらも利用でき
料金は同一
循環で終点は有りませんが
路線の一番奥まったところ
宙の軌道に一番近いところでもあります
現在ここでも密かにシャトルの準備が
粛々と進められている模様です
でも打ち上げ時期は未定
噂では体の弱い者から乗せられる

等の話も聞きました
そのせいかこの辺の皆さんは
朝な夕なにスニーカーを履いて
ウォーキングに励んでおられ
私も妻から強く勧められています
でもそんな順番は当てにはなりますまい
ゴーサインが出れば
直ちに飛び出さなくてはなりません
近くには造花を売る店もあって
セレモニーに事欠くことは無いでしょう

旅立ちの日には
よかったら見送りに来てください
そして拍手で送ってください

船影が大気の中に見えなくなるまで
成功は間違いなしですから

盆送りの朝は

道を照らす鬼灯
キュウリの馬
荷を背負うナスの牛
出立の朝は準備に忙しい
飾られたワカメやそうめん
米と細かく刻んだナスにささぎ
供え物は蓮の葉に包み
マコモにくるんで

禁じられるまでは
送り火を焚いて川に流し
そして海へ
ここで渡るという川は
そこもラッシュ
遅れを取らぬように
午後一番にお送りせねばと
亡母に急ぎ立てられたものだが

きのう東京に暮らす息子が
米や味噌・醬油
それに野菜・菓子
買ってもらった地酒までも
車に積んでの帰京

東北自動車道は
途中三十キロの渋滞
無事着いたと
夜遅く妻への電話

ゴミの収集は朝八時半
コモ包みは
ビニールで覆い集積所へ
カラス除けネットの奥深く
時間までには
確かに押し込んだ筈だが
こちらはどんなルートをたどるのか
未だに届いたとの連絡はない

抱かせ人形

葬儀の日には所用があって
葬祭場での知人の通夜に行く
僧侶による読経が済み
親族に続き一般会葬者の焼香となり
棺の中の知人との別れをする
見ると左腕に人形を抱いている
生前知人が大切にしたものかと
疑問を投げかけると
側にいたわけ知りが言うには

「引っ張られないように
　入れたのでしょう」とのこと
確かに知人は長患いをしていたが
夫は急病で五ヶ月前に死去
同じ家族の中で立て続けての不幸

かつてのパック旅行で
敦煌から莫高窟へ向かうバスで見た
ゴビでの風景が蘇る
土饅頭の墓地群から離れた所に
平たい一段と低い箱型のシルエット
現地ガイドの説明によれば
短期間に続けて
身内に不幸があったときは

遺体を直ぐに土に埋めることなく
野ざらしにしておくという
その謂れの説明はあったのか
聞き漏らしたものか
記憶にはないが

寒風に晒された遺体は
後に残された者たちの意を酌み
天を仰ぎ悲しみを訴え叫び
引き続く不幸に
あたかも抗議している風であった
片や身内を見守るはずの死者が
いくら一人旅が寂しいからと
そちらの世界の道連れにされてはと

人形を抱かせ止めとする
残された遺族の心情が
人形に込められていた

Ⅲ章　「避難する日」

避難する日

平成二三年三月一一日　午後二時四六分頃
三陸沖でM九・〇の東日本大震災発生
郡山市は震度六弱の大揺れ　死者一名
家屋全壊二、五七二件　半壊一九、六七五件[*1]
東京電力福島第一原発の一、三、四号機は
一五日までに水素爆発　原発から半径二〇キロ圏内は避難指示
三〇キロ圏内は屋内退避指示
米国は自国民に八〇キロ圏内から退避勧告
一五日　妻は息子の五歳になる孫娘を連れ

東京の妹の所へ自主避難
一六日　六〇キロ圏の福島市に住む娘は　夫を残し
小五と小二の男女二人の子どもを連れ
ひとまず新潟方面へ避難するという
頼み込まれわたしも　たまたま満タンの愛車で同行
助手席に娘　後部座席に二人の孫
車のトランクには味噌・米から衣類まで
詰め込まれるだけの品々で一杯
終には奈良の篤志家宅に滞在　四月八日帰宅

終戦の年の昭和二〇年四月一二日
午前一一時二五分頃　郡山市に初めての
アメリカ空軍Ｂ29による空襲
死者四六〇名　郡山駅・駅前商店街のほか

駅東の工業地帯の工場・民家などに大きな被害
この後三回の空襲を合わせ約五〇〇〇戸が焼失・倒壊
強制疎開により約二、〇〇〇戸以上が罹災[*2]
被災を免れたこの日の午後
父方の祖父が引く馬車で　積めるだけの家財道具と
国民小学校二年生のわたし　それに母と妹二人は
一〇数キロほど西方にある母の実家に疎開

およそ七〇年の間に巡り合った二つの避難
敗戦からその復興までには
父の戦場死という傷痕を引きずった
地震による原発事故の放射線被害について
国は低レベルの放射線量が　直ちに
健康に影響を及ぼすものではないと言うが

セシウムでさえ半減期は三〇年
その時　地震・津波の被害と合わせ
どんな復旧復興を遂げ
如何なる生活を送っているか
もうわたしは見届けることはできないだろう

＊1　件数は郡山市の罹災証明発行件数。
＊2　「郡山の歴史」による。

ホットスポット

震災から一ヶ月
妻は五歳の孫娘を連れ
東京に住む妹の自主避難先から戻ると
庭先のネギやニラを引き抜き
ヒマワリを植えた
だが菜の花がより放射線の吸引力が多い
と聞くと直ぐにそれに植え替えた

あの日　海風はどうして西北に向かったのか
原発事故地点から六〇キロ離れた

内陸部の中通り地方が
他の市町村に比べ線量値が高い
東電福島第一原発から飛び散った放射線物質は
奥羽山脈を目指し
吾妻《あづま》の山々や安達太良《あだたら》の峰々に
突き当たり降り積もり
ホットスポットを作ったのではないか
近くの公園の線量値は　三か月経っても
基準値の三・八μシーベルトを超え
幼児は立ち入り禁止
中学生以上も
一時間以内の利用に止めることの立て札
国は何かというと
直ちに健康に影響するものではないと言うが

将来はどんな影響を及ぼすのだろうか

六月の末には
とうとう耐え切れず
部屋の窓を開け放ったが
未だに洗濯物は部屋干し
布団も天日に晒してはいない
震災による原発事故
収束のゴールはどこだ
コントロールできないものに
安全・安心・安価をうたい
原子の火を点火したのは誰だ
それを黙認したのは誰だ
無知が悔いやられる

額絵

緑結びの観音さまとして
山形の民謡にも唄われている　この寺
境内を山門に向かい下って行くと
唐草模様の風呂敷包みを　大事そうに抱え
道端に休んでいる　額に汗をした
中年の女性に出会った
声をかけると　包みを解きはじめ
中から　傍らに氏名の書かれた
モーニング姿の若い男性が

髪飾りに白いドレスをまとった
名のない女性の手を引いた　額絵《がくえ》が現れる
と語りはじめた
この子は気持ちが優しく
高校を出ると　人の役に立つ仕事をと
太平洋沿いの或る老人ホームに就職して三年
そこであの大震災に遭い
ホームの入居者を助け　避難させていた時に
津波にさらわれたの
幸い半年後に　遺体だけは見つかり
懇ろに葬ってやったけれども
あれから二年
すでに二十歳になっていることだし
せめて可愛い娘さんと添わせてやりたくて

わたしは絵が描けないから
息子の写真を絵描きさんに見せ
連れ合いになる女性と
二人連れで描いてもらい
あの世で仲良く暮らせるように
お寺に納めに来たところなの

話を聞きながら　慰めの言葉もなく
ただ相槌を打つばかり
風呂敷を包み直すのを見届け　そこで別れる
自分はといえば　その時
四十歳を過ぎた息子が結婚でき
はるばるお礼参りに訪れたことを
つい言いそびれてしまった

誕生まで

ずいぶん待たせたじゃないか
今まで何処へ行っていたんだい
九年も待ったんだぜ
実のところ
もう来ないのじゃないかと
あきらめかけたところさ
他の国では
コウノトリが運んで来ると
此の国では

誰かの生まれ変わりとも…
ごめんごめん
あなたを責めても仕方のないこと
お母さんから
あなたをお腹に抱えたと
聞かされたとき
あなたのお父さんの父上と母上へ
内孫誕生の兆し
誠にご同慶の至りです
と心を込めて手紙に認めたものだ
予定日を間近にして
お父さんは
男子の名前を
パソコンソフトと首っ引き

大きな心を持ち
人の役に立つ人間になるようにと
願いを込めて
それが今のあなたの名前
三十二日目には
晴れ着を纏ったあなたと
初宮参りに行こう
名付けられたとおり
元気で丈夫に育つようにと

天使の翼

――もうそろそろいいじゃありませんか
頭上から呼びかける声がする
聞き覚えのある声だと
本を片手に　目は声のする方向を探るが
姿は見えない

ちょっと待って下さい
単身赴任が長かったものですから
まだ紐を解かない荷物もあったりして

そんなに急がねばなりませんか
五十歳も過ぎればそろそろ身軽にと
専門家が説いていますが
それをするには
売ったことのない書籍　その他もろもろ
あと余命何ヶ月　長くて何年
などと宣言されなければ到底
そんなに早くは出来るものではありませんよ
六十歳で定年、そして再就職
五年勤めて　今度は正しく退職
途端にポックリなんて事でなく
やりたいことをやりたいように
もう少しそおっとして欲しくって
これからの余生を気ままにと

挨拶状を郵送したのは一ヶ月前のこと
——毎度有り難うございます
何時もの口調で笑みを浮かべながら
整理を勧めた古本屋の主人が
高い書棚から本を抱え
梯子を下りてきたが
天使が着けているという翼も
頭に載せた輪もなかった

あいこでしょ

単身赴任って
気楽なんですってね
と突然妻が言う。
誰だそんなことを言うのは
と語気を荒くしたが
返事はない。
一瞬頭の中で
走査線上を素早く横切る
どこか見覚えのある

物知り顔の男の影を
見たような気がしたが
とっさに判別はつきかねた。
いつの間に
ウイルスが忍びこんで
妻の中に蔓延《はびこ》ったのか。
そりゃあ
単身生活の不便さのなかにも
いくらかの気楽さは
と酒の席などで
極論を言い合うことはあっても
それは男と男の話。
女が留守をよいことに
或る防虫剤のCMにあった

亭主元気で…
と羽を伸ばすことだって
言葉にこそしないが
知らないではない。
今度出会ったら
言ってやらねばならぬ
あのもの知り顔の男に。

クロアチアの旅から

パック旅行で海外に行くと言ったら
気が置けない友人が
変な病気だけは貰って来るなよと宣《のたま》った
妻同伴で何が病気かと
一瞬　気分を損ねかけたが…

優れた景観のクロアチアの旅で
印象に残ったものの一つに
かって地中海交易の盛んな時代

ドブロブニク沖合約〇・七キロに浮かぶ
今は無人の小さなロクルム島*に
航海を終えた船が四十日間停泊し
ペストなど疫病の潜伏期間を
そこで過ごしてから
市街地への上陸となったとのこと

この旅から羽田に戻り
ボーディングブリッジを渡り
検疫コーナーに差し掛かると
サーモグラフィーという
大きなスピードガンのような
光線を発しているものの
前を通り過ぎる

丁度　鳥インフルエンザの人への感染が
取り沙汰されていた時で
発熱者の有無のチェックらしかった

検疫—入国審査—税関と続く入国手続き
一刻も早く帰宅したい思いは
船乗りも旅行者も同じ
検疫という最初の関門は
数世紀を経ても形を変え
今に受け継がれていることを思うとき
遠い昔の航海に思いを馳せるのだ

＊　現在、この島の一部は、カメラ持ち込み及び水着着用禁止の、
公認の観光スポットであることを知った。

解説

鈴木比佐雄

父と祖父の生きる知恵や情念を未来へ届ける人

安部一美詩集『夕暮れ時になると』に寄せて

鈴木比佐雄

1

安部一美さんは、一九三七年に福島県郡山市に生まれ、今もこの地で郡山の詩人たちと詩誌「熱気球」を発行しながら、詩作を続けている詩人だ。最近まで、「詩の会こおりやま」の会長をされていて、郡山の詩人たちの中心的な存在だ。私と南相馬市の若松丈太郎さんは、戦後の福島の詩運動を牽引し優れた詩作を続けて、二〇〇五年に亡くなった三谷晃一さんの全詩集を七、八年前から計画していた。けれどもなかなか前に進まなかったが、昨年若松さんから安部さんを紹介されてから、全詩集は一気に動き出した。そして安部さんの周りの郡山の詩人たちやタウン誌「街こおりやま」の伊藤和編集長のおかげで三谷さんの詩篇や詩論・エッセイ類が集まり出し、二〇一六年の二月の命日までに刊行する目途が付いてきた。安部さんは長年、東北各地の郵便局の要職をを歴任してきたこともあり実務派で、多くの人の力を結集するプロジェクトを行うときにはきっと頼りになる人だと実感した。安部さんは以前から新詩集をまとめたいと考えていて、それが新詩集『夕暮れ時になると』に結実したのだった。
安部さんは現役時代が多忙のため、既刊詩集は一九七五年に刊行した詩集『父の記憶』だけだ。その詩集から「はがき」を引用したい。

ハガキ

郵便受を開けると
私にあてた
黄ばんだ小皺だらけの
ハガキが一枚入っている
日附印のない
軍事郵便だ
カツミゲンキカ
トウチャンハソノゴゲンキデリッパナ
ヘイタイサンニナロウトシテヰル
オマイモイッショウケンメイニナッテ

センセイノオシイヤカアチャンノユウ
コトヲキイテリッパナヒトニナラナ
ケレバナラナイゾ
ケッシテワガママナコトハキンモツダ
ガイセンノトキハオミヤゲタクサンヤル
デハマタヒマヲミテハガキヲヤルヨオワリ

付箋は一枚も貼ってなく
持ち戻った形跡もないのだが
二十六年を過ぎたいま
やっと受取人を見つけたらしい
父からもらった
初めてで最後のハガキだが
リッパナヘイタイサンの
文字のインクが薄くかすれ
検印済のスタンプが
やけに鮮明だ

この詩は、父の息子へ寄せる愛情に満ちた詩篇で、何か言い難い感動が伝わってくる。七、八歳の息子の行く末が心配で、周りの人びとの教えをよく聞いて立派な人間になって欲しいという父の願いが切々と感じられる。戦争が父子を割いていて、唯一のコミュニケーションは、軍事郵便だった。その葉書をしっかり受け止めるまでに二十六が経ち自分が子どもを持つ身になって、初めて葉書の持つ意味を汲み取った。しかし安部さんは一切の恨み言を言わない。父への想いも、父無し子の苦労話も一切、語らない。安部さんの詩の特徴は、歴史の真実をありのままに提示しながら、その意味を自らの内面の奥底で粘り強く考え続けようとするところだ。その意味で父親探しから始まり、父の真意を深く理解し、それを糧にして戦後を生きていこうとしてきたのだろう。偶然かも知れないが郵便局に勤めたということも、父などの大切な人からの手紙を待ち続けていた少年や家族の思いを大切にしたいと潜在的に願っていたからかも知れない。安部さんは赤裸々に心情を語るよりも、どちらかというと素っ気なく、事実を伝えながらそこに心情や情念をこめようとする手法を好むのだろう。残された少年だった安部さんは、このはがきのカナ文字に宿る、目には見えないが深い愛情によって誇りを持って生きることができたと父への感謝を込めて父の葉書文を引用したのだろう。その意味でもこの「ハガキ」という詩篇は、戦後七十年目を迎えた年に、ぜひ多くの人たちに読んでもらいたい詩だ。

2

新詩集『夕暮れ時になると』とは、三章に分かれ合計二十三篇の詩から成り立っている。一章「夕暮れ時になると」八篇の冒頭の詩「夕暮れ時になると」は、何か人生をしみじみと感じさせてくれ、とても温かいものが流れてくる。

父方の祖父は　晩年／夕暮れ時になると　決まって／着物の裾を端折り
草鞋を履いて／生まれ故郷に帰ると言い出す／／そんな時　伯父は／
これから真っ暗闇のなか／山道を登り御霊櫃峠《ごれいびつとうげ》[*1]を越え／猪苗代湖南の村
まで／五里の道を行くのは難儀なこと／今日は暗くなったので明日に／
と言い含めるのだった

安部さんの父は戦死したので、きっと父方の祖父は安部さんにとって本当の父のような存在であったかも知れない。その祖父の最晩年はいつも夕暮れになると、「生まれ故郷に帰る」と言い出すのだ。他郷で一旗揚げて故郷に戻りたいという精神の奥底に眠っていた思いの蓋が取れてしまって、祖父が夜道の御霊櫃峠を越えていく無謀な旅に向かうのではないと、叔父の家族や親族たちを心配させるのだった。その時の叔父の「山道を登り御霊櫃峠《ごれいびつとうげ》を越え／猪苗代湖南の村まで／五里の道を行くのは難儀なこと／今日は暗くなったので明日に／と言い含めるのだった」という言葉は、何とも言えない優しさに満ちている。安部さんが伝えたかったものは、きっとこの叔父の限りない祖父への優しさだったのだろう。その祖父の悲しい衰えを慈しむような視線がこの詩を読む者に感銘を与えるに違いない。その先の三連と四連も引用してみる。

長男であった祖父が／近農村の次三男対策[*2]としての／安積《あさか》の開墾地に一家で移り住んだのは／記録によれば大正十年三月のこと／祖父四十八歳　祖母四十四歳／どんな経緯があったのか　遅い旅立ちだ／なかには

生活苦に耐えきれずに／田畑を手放した者もあったというが／家を建

て　五男三女を育てた祖父母は／成功組の一つに違いない／それがどうして／／後で知ったことだが／故郷帰りの願望は／夕暮れ症候群という病状の一つで／失われた記憶に残された　最後のものとか／そんな祖父も九十二歳で死去／住まい近くの寺に葬られたが／あれ程行きたがった場所へ／今でも行き来しているのだろうか／病名が付くほど　恋しがられる故郷／私の意識の底の行き先は／何処だろう

＊1　郡山市と猪苗代湖を結ぶ海抜八七六メートルの峠
＊2　当初は明治十年代に、士族授産の政策として、国営により実施された郡山の安積地方大規模開拓事業

故郷を離れて開墾地に入植した祖父母は五男三女を育て、家も建てて成功したはずだが、それでも「故郷帰りの願望」である「夕暮れ症候群」に罹ってしまった。そのことから安部さんは「病名が付くほど　恋しがられる故郷／私の意識の底の行き先は／何処だろう」と自らの深層に眠っている「故郷」を問うてしまうのだ。祖父の「夕暮れ症候群」に対して否定的でなく、むしろ人間として理想的な生き方なのではないかという羨望のようなものをどこか感受しているようにも思える。人が命を終える時には、

「故郷」に恋焦がれて、「故郷」を目指し「御霊櫃峠を越えて」、いつか死んでいくことは、幸福なのかも知れないと告げているようだ。その意味では、この詩篇は「故郷」や「家」に帰りたいという願望こそが生を継続させるものであることを物語っている。そんな終末を生きる人びとの「故郷」は一人ひとり異なるもので、「夕暮れ症候群」生きる固有の人に身近に接する人びとが、どのような精神的な態度で接したらいいかをこの詩は暗示している。

一章のその他の詩篇は、詩「おみょうにちさま」では「山形の由良海岸で／妻と宿の食事をとりながら／日本海に沈む夕日を見た」時に、なぜか赴任先の石巻で聞いた別れの挨拶の言葉「お明日様《みょうにちさま》」を想起する。この言葉は今日への感謝と明日への希望を促す神々しい言葉だ。

詩「二度わらし」では、「父の故郷への道」を母の手に引かれた歩いたことを想起し、「人は老いると／こどもに帰るという」ことを実感している。

詩「この先一直線」では、「道が一本になる直前で／せっかちに方向指示器を／点滅させながら無理やり割り込んだ」知人の顔をバックミラーで見てしまった。夕暮れ時の知人の安否を案じながらも自分も迷路に惑うことのないように祈り、「早めにライトを点灯した」のだ。

詩「雪折れ」では、樹齢千年以上の「三春滝桜の枝が折れ」、「元の容姿に立ち返るには／五年から十年はかかるという」。ただ「接ぎ木した折れ枝に／新たな命が蘇った」そうだ。

巨木の時の流れの一端を垣間見て、人間の存在を越えた「小さな芽」の命の力を感じ取る。

詩「不漁の日は」では、小さな釣り船の船頭と釣り人たちは釣果が無くても、海を楽しんでいる情景が目に浮かぶ。詩「植物誌」では、野草のウルイ（オオバギボウシ）を食べると、「何が食べられないか」という味覚を体験した記憶が甦ってくる。詩「お守り札」では、京都の「昆虫の名を冠した俗称で知られ」る願いごとを叶えるというお寺の紹介をユーモラスに伝えている。

Ⅱ章「墓碑銘」八篇では、第一詩集『父の記憶』を引き継ぎ、詩「墓碑銘」、「こっくりさん」、「親指隠し」などの三篇は、戦死した父を偲び戦後を生きぬいた母子の複雑な思いがしっとりと描かれている。その次の詩「さかさごと」、「迎え火」、「コスモス通り」、「盆送りの朝は」、「抱かせ人形」などは、亡くなった母のこだわりを掬い上げた詩や、地域の人びとの死者への鎮魂を胸に沁みるように表現されている。安部さんは死者を思いやると同時に悲しみを乗り越えて生きようとする人びとの一途な心情を淡々と描こうとしている。そこには人びとがこの世界に存在することへの共感や愛が伝わってくる。

Ⅲ章「避難する日」七篇は、安部さんの暮らす福島県中通りの郡山にも、原発事故による放射線物質は降り注いだ。それに翻弄される家族の3・11以後の現実を書き記した詩「避難する日」、「ホットスポット」、「額絵」は、事故を引き起こした責任の所在を問うことの重要性を告げ、また子供を津波で亡くした母の悲しみを伝えている。その後の詩「誕生まで」、「天使の翼」、「あいこでしょ」、「クロアチアの旅から」などは、福島の悲劇の後でも安部さんの日常が続いており、その中での哀歓を率直に書き記している。

安部さんのしなやかな詩的言語は、人の世の悲しみや喜びを知り尽くし、確かに味わい深い不思議な魅力があり、人間が存在しているという信頼に満ちている。日本も世界でも社会、経済、政治が混迷している現代において、人間を見つめる安部さんの詩を多くの人びとに読んで欲しいと願っている。

あとがき

定年退職後、この十年余に書いた作品で、二冊目の詩集を出すことにした。第一詩集の発行から四十年が経つ、その間の作品はと問われると答えに窮するが、仕事の関係で十五年ばかり単身赴任を余儀なくされ、赴任地での仕事や生活で、その余裕がなかったと言うのが本音である。先輩からも、忙しい時ほど作品が書けるはずだと、叱咤激励もあったが、応えられなかった。また、地元郡山の仲間からは、忘れられないように、作品が書けなければエッセイでもとの助言を受け、同人費だけは納めていたこともある。

留守中、共働きの妻と同居の母は、互いに気苦労もあったろうが、共に三人の子どもの面倒を見て育ててくれた。子ども達が長じて竈《かまど》が四つになると、妻はやりくりにも苦慮していたようで、ただ感謝するのみである。

今年は戦後七十年に当たるが、振り返ると、若くして戦争未亡人となった母が、再婚もせずに、私たち三人のこどもを育て上げた苦労は、並大抵では無かったと思う。終戦直後は食糧難、物資不足の時代であったが、私はひもじくも貧しくも惨めだったとも感じていない。それは誰もが同じような環境に置かれていたためと思う。勿論、農家出身の父、母の実家からの、或いは親戚からの食料等の援助は大きかった。

作品を読み返すと、祖父母をはじめ親類縁者が顔を出す。これらの人のほとんどが鬼籍に入ったが、庇護を受けた私は、その厚意を忘れることが出来ない。現在の生活を送れるのも、これらの人々のお陰であると思っている。

最後になりましたが、長年詩作を共にした「熱気球」（詩の会こおりやま）の会員の皆さんや、本詩集発行の労を執って頂いたコールサック社の鈴木比佐雄氏をはじめ、スタッフの皆さまにお礼申し上げます。

平成二十七年十月　　安部　一美

安部　一美（あべ　かずみ）略歴

一九三七年（昭和一二年）福島県生まれ
一九七五年（昭和五〇年）詩集『父の記憶』（グループ銀河系刊）
二〇一五年（平成二七年）詩集『夕暮れ時になると』（コールサック社）

福島県現代詩人会、「熱気球」（詩の会こおりやま）各会員

現住所
〒九六三－〇二〇五
福島県郡山市堤二－一七五

石炭袋

安部一美詩集『夕暮れ時になると』

2015年11月25日初版発行
著　者　　　　安部一美
編集・発行者　鈴木比佐雄

発行所　株式会社 コールサック社
〒173-0004　東京都板橋区板橋 2-63-4-209
電話 03-5944-3258　FAX 03-5944-3238
suzuki@coal-sack.com　http://www.coal-sack.com
郵便振替　00180-4-741802
印刷管理　（株）コールサック社　製作部

＊装丁　杉山静香

落丁本・乱丁本はお取り替えいたします。
ISBN978-4-86435-227-7　C1092　￥1500E